Die indische Hütte

Bernardin de Saint-Pierre

Impressum

Autor: Bernardin de Saint-Pierre
Übersetzung: G. Fink
Umschlagkonzept: toepferschumann, Berlin

Verlag: tradition GmbH, Hamburg
ISBN: 978-3-8424-1311-5
Printed in Germany

Ziel der TREDITION CLASSICS ist es, tausende deutsch- und fremdsprachige Klassiker wieder in Buchform verfügbar zu machen. Die Werke wurden eingescannt und digitalisiert. Dadurch können etwaige Fehler nicht komplett ausgeschlossen werden. Unsere Kooperationspartner und wir von tradition versuchen, die Werke bestmöglich zu bearbeiten. Sollten Sie trotzdem einen Fehler finden, bitten wir diesen zu entschuldigen. Die Rechtschreibung der Originalausgabe wurde unverändert übernommen. Daher können sich hinsichtlich der Schreibweise Widersprüche zu der heutigen Rechtschreibung ergeben.

Tucholsky Wagner Zola Scott Sydow Freud Schlegel
Turgenev Wallace Fonatne
Twain Walther von der Vogelweide Fouqué Friedrich II. von Preußen
Weber Freiligrath
Fechner Fichte Weiße Rose von Fallersleben Kant Ernst Frey
Richthofen Frommel
Hölderlin
Fehrs Engels Fielding Eichendorff Tacitus Dumas
Faber Flaubert
Feuerbach Maximilian I. von Habsburg Fock Eliasberg Zweig Ebner Eschenbach
Ewald Eliot
Goethe Vergil
Elisabeth von Österreich London
Mendelssohn Balzac Shakespeare Dostojewski Ganghofer
Lichtenberg Rathenau
Trackl Stevenson Doyle Gjellerup
Mommsen Tolstoi Lenz Hambruch Droste-Hülshoff
Thoma Hanrieder
Dach Verne von Arnim Hägele Hauff Humboldt
Reuter Rousseau Hagen
Karrillon Garschin Hauptmann Gautier
Damaschke Defoe Hebbel Baudelaire
Descartes
Hegel Kussmaul Herder
Wolfram von Eschenbach Dickens Schopenhauer
Darwin Melville Grimm Jerome Rilke George
Bronner
Campe Horváth Aristoteles Bebel Proust
Bismarck Vigny Barlach Voltaire Federer Herodot
Gengenbach Heine
Storm Casanova Tersteegen Grillparzer Georgy
Lessing Gilm
Chamberlain Langbein Gryphius
Brentano Lafontaine
Strachwitz Claudius Schiller Kralik Iffland Sokrates
Schilling
Katharina II. von Rußland Bellamy Raabe Gibbon Tschechow
Gerstäcker
Löns Hesse Hoffmann Gogol Wilde Gleim Vulpius
Luther Heym Hofmannsthal Klee Hölty Morgenstern
Roth Heyse Klopstock Kleist Goedicke
Luxemburg Puschkin Homer Mörike
La Roche Horaz Musil
Machiavelli Kierkegaard Kraft Kraus
Navarra Aurel Musset Moltke
Lamprecht Kind Hugo
Nestroy Marie de France Kirchhoff
Laotse Ipsen Liebknecht
Nietzsche Nansen
Marx Lassalle Gorki Klett Ringelnatz
von Ossietzky May Leibniz
vom Stein Lawrence Irving
Petalozzi Knigge
Platon Pückler Michelangelo Kock Kafka
Sachs Poe Liebermann
de Sade Praetorius Mistral Zetkin Korolenko

Bernardin de Saint-Pierre.

Die indische Hütte.

Übertragung durch G. Fink.

Pforzheim.

Verlag von Dennig, Finck & Co

1840.

In London trat vor etwa dreißig Jahren eine Gesellschaft englischer Gelehrter zusammen, die sich die Aufgabe stellten, in verschiedenen Theilen der Welt nähere Belehrung und Beleuchtung in allen Wissenschaften zu suchen, um ihre Mitmenschen aufzuklären und glücklicher zu machen Die Kosten wurden auf dem Wege der Subscription von ihren Landsleuten gedeckt, von Kaufleuten, Lords, Bischöfen, Universitäten und der Königsfamilie von England, an die sich noch einige Regenten aus dem Norden Europa's anschlossen. Diese Gelehrten waren zwanzig an der Zahl, und die Königliche Gesellschaft von London hatte jedem von ihnen ein Buch gegeben, worin der Stand der Fragen, deren Lösungen er zurückbringen sollte, verzeichnet war. Die Zahl derselben belief sich auf 3500. Obgleich sie für jeden der Doctoren ganz verschieden und je nach dem Lande eingerichtet waren, das einer zu bereisen hatte, so standen sie doch alle im Zusammenhang mit einander, so daß das Licht, das über die eine verbreitet wurde, sich nothwendig auch auf alle andern erstrecken mußte. Der Präsident der Königlichen Gesellschaft, der sie mit Hülfe seiner Collegen abgefaßt hatte, war von dem sehr richtigen Grundsatz ausgegangen, daß die Beleuchtung einer Schwierigkeit oft von der Lösung einer andern abhängt, und die wieder von einer vorhergehenden, was bei der Erforschung der Wahrheit viel weiter führt, als man glaubt. Kurz, es war, um mich derselben Ausdrücke zu bedienen, die der Präsident in ihren Instructionen gebrauchte, das herrlichste encyclopädische Gebäude, das je eine Nation den Fortschritten des menschlichen Wissens errichtet hatte: »ein deutlicher Beweis,« setzte er hinzu, »wie nothwendig akademische Gesellschaften sind, um in die auf der ganzen Erde zerstreuten Wahrheiten Einheit und Zusammenhang zu bringen.«

Jeder der gelehrten Reisenden hatte, außer seinem Band Fragen, worüber er Aufklärung suchen sollte, den Auftrag, unterwegs die ältesten Exemplare der Bibel und die seltensten Manuscripte in allen Fächern aufzukaufen, oder wenigstens Nichts zu sparen, um sich gute Abschriften zu verschaffen. Zu diesem Behuf hatten ihnen ihre Subscribenten Empfehlungsschreiben an die Consuln, Minister und Gesandten Großbrittaniens, die sie auf ihrem Wege treffen mußten, und, was noch mehr werth ist, gute Wechsel mitgegeben, die von den berühmtesten Banquiers Londons unterzeichnet waren.

Der gelehrteste dieser Doctoren, der hebräisch, arabisch und indisch verstand, wurde zu Land nach Ostindien geschickt, als der Wiege aller Künste und Wissenschaften. Er nahm seinen Weg über

Holland,

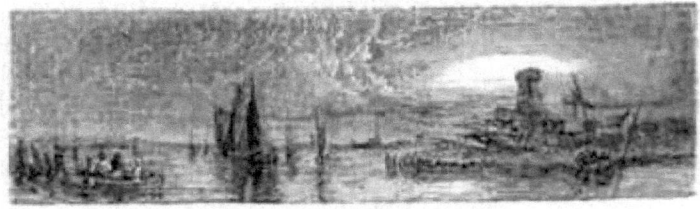

besuchte die Synagoge in Amsterdam

und die Synode in Dortrecht;

sodann in Frankreich die Sorbonne und die Akademie der Wissenschaften in Paris; in Italien eine Menge Akademien, Museen und Bibliotheken, unter andern das

Museum in Florenz,

die St. Markus Bibliothek in Venedig

und die vatikanische in Rom.

In Rom ging er mit sich zu Rathe, ob er, bevor er sich nach dem Orient wendete, nicht die berühmte Universität Salamanca in Spanien besuchen sollte; aus Furcht vor der Inquisition aber zog er es vor, sich geradewegs nach der Türkei einzuschiffen. Er ging also nach

Konstantinpel,

wo ihm für sein Geld ein Effendi Gelegenheit verschaffte, alle
Bücher der St. Sophien-Moschee

durchzublättern. Von da begab er sich nach Egypten zu den Kopten, dann zu den

Maroniten auf dem Berge Libanon,

zu den Mönchen auf dem Berge Karmel,

sofort nach Sana in Arabien,

dann nach Ispahan,

Kandahar,

Delhi,

Agra:

endlich nach dreijährigem Pilgerlauf gelangte er an die Ufer des Ganges, nach

Benares, dem indischen Athen,

wo er mit den Braminen Berathung hielt. Seine Sammlung von alten Ausgaben, Originalbüchern, seltenen Manuscripten, Abschriften, Auszügen und Anmerkungen in allen Fächern menschlichen Wissens war jetzt die bedeutendste, die je ein Privatmann gehabt hat. Man wird mir dieß glauben, wenn ich versichere, daß sie neunzig Ballen ausmachte, die zusammen 9540 Pfund Troges Gewicht wogen.

Voll Freude, die Hoffnungen der königlichen Gesellschaft übertroffen zu haben, war er schon im Begriff, sich mit dieser reichen Ladung von Aufklärung nach London einzuschiffen, als eine ganz einfache Betrachtung ihn mit Kummer erfüllte. Er bedachte nämlich, daß er,

nachdem er mit den jüdischen Rabbinern,

den protestantischen Geistlichen,

den Vorstehern der reformirten Kirche, den katholischen Doctoren,

den Akademikern von Paris, von der Crusca,

von den Arkaden und vierundzwanzig andern der berühmtesten
Akademien Italiens,

den griechischen Popen, den türkischen Mollahs,

den armenischen Verbiesten, den persischen Seiders und Casy's,

den arabischen Scheins, den alten Parsi und den indischen Pandekten

zu Rathe gesessen, nicht nur keine der dreitausend fünfhundert
Fragen der königlichen Gesellschaft aufgeklärt, sondern nur dazu
beigetragen habe, ihre Zweifel zu vervielfältigen; ja sogar, da sie alle
mit einander in Verbindung standen, so ergab sich aus dem Grundsatz seines hochverehrten Präsidenten, laut dessen die Dunkelheit
einer Lösung den Beweis einer andern verdunkelte, der traurige
Schluß, daß die klarsten Wahrheiten auf einmal problematisch geworden, ja daß es unmöglich war, in diesem wüsten Labyrinth sich
widersprechender Antworten und Auktoritäten auch nur eine einzige gehörig zu entwirren.

Ließ sich doch dieser Schluß durch einen einfachen Ueberblick beweisen. Unter den Fragen nämlich, die der Doctor entscheiden helfen sollte, betrafen 200 die Theologie der Hebräer; 480 die der verschiedenen Gemeinden der griechischen und römischen Kirche; 312 die alte Religion der Braminen; 508 die Sanskrit- oder heilige Sprache; 3 den dermaligen Zustand des indischen Volkes;

211 den Handel Englands mit Indien;

729 die alten Monumente der Inseln Elephante und Salfette in der Nähe der Insel Bombay;

5 das Alter der Welt;

73 den Ursprung des grauen Ambra und die Eigenschaften der verschiedenen Arten Bezoar; eine die noch nicht untersuchte Ursache des Laufs des indischen Ozeans, der 6 Monate östlich und 6 Monate westlich fließt, und 368 die Quellen und periodischen Ueberschwemmungen des Ganges. Bei dieser Gelegenheit wurde der Doctor aufgefordert, auf seinem Wege so viel als möglich hinsichtlich der Quellen und Ueberschwemmungen des Nils zu sammeln,

die schon so viele Jahrhunderte hindurch die Gelehrten Europa's beschäftigten. Dieser Gegenstand kam ihm jedoch zu abgedroschen vor und nicht ganz passend zu seiner übrigen Sendung. Nun brachte er über jede der von der königlichen Gesellschaft vorgelegten Fragen durchschnittlich fünf verschiedene Lösungen, also auf 3500 Fragen 17,500 Antworten, und wenn jeder seiner neunzehn Collegen eben so viele zurückbrachte, so folgte daraus, daß die königliche Gesellschaft 350,000 Schwierigkeiten zu beseitigen hatte, bevor sie eine einzige Wahrheit auf eine sichere Grundlage feststellen konnte. Also bewirkte ihre ganze Sammlung, statt daß den Instructionen gemäß alle einzelnen Sätze zu einem gemeinschaftlichen Mittelpunkt zusammenliefen, gerade das Gegentheil; sie liefen auseinander, ohne daß es möglich war, sie wieder zusammen zu bringen. Noch ein anderer Gedanke machte dem Doctor viel Herzeleid; zwar hatte er bei seinen mühsamen Forschungen die ganze Kaltblütigkeit seiner Nation und dabei eine Höflichkeit, die er vor seinen übrigen Landsleuten voraus hatte, an den Tag gelegt, und dennoch waren die meisten der Doctoren, mit denen er disputiren mußte, seine unversöhnlichen Feinde geworden. »Was,« sagte er nun, »wird aus der Ruhe meiner Landsleute werden, wenn ich ihnen in meinen neunzig Ballen statt der Wahrheit nichts als neue Ursachen zu Zweifeln, Disputationen und Zänkereien liefere!«

In dieser langweiligen Verlegenheit war er schon im Begriff, sich nach England einzuschiffen, als die Bramine in Benares ihm sagten, der oberste Bramine von der berühmten Pagode zu Jagarnat in der Provinz Orissa am Ufer des Meers, nahe bei einem der Ausflüsse des Ganges, sey allein im Stande, alle Fragen der königlichen Gesellschaft in London zu entscheiden. Dieß war in der That der berühmteste Pandekt oder Doctor, von dem man je sagen gehört hatte: von allen Theilen Indiens und aus allen Reichen Asiens strömten die Gläubigen in Masse herbei um seinen Rath einzuholen.

Alsbald begab sich der englische Doctor nach Kalkutta und wandte sich daselbst an den Director der englischen ostindischen Gesellschaft, der ihn zur Ehre seiner Nation und zur Verherrlichung der Wissenschaften folgendermaßen zu seiner Reise nach Jagarnat aufrüstete. Er gab ihm ein

Tragbett mit einer Sonnendecke von carmesinrother Seide und mit
goldenen Eicheln;

ferner zwei Relais von starken Conlis oder Trägern, jedes aus vier
Männern bestehend;

zwei Lastträger; einen Wasserträger; einen Flaschenträger, um ihn
zu erfrischen;

einen Pfeifenträger; einen Sonnenschirmträger, um ihn vor der Glut
der Sonne zu schützen;

einen Masalchi oder Fackelträger für die Nacht; einen Holzspälter;
zwei Köche;

zwei Kameele mit ihren Führern, um seinen Mundvorrath und sein
Gepäcke zu tragen;

zwei Kuriere, um ihn anzukündigen;

vier Seapoys, die persische Pferde ritten, um ihn zu geleiten, und einen Fahnenträger, der die englische Flagge tragen mußte.

Man hätte den Doctor nach seinem schönen Aufzug für einen Geschäftsführer der indischen Compagnie halten können; nur war der Unterschied, daß der Doctor kam, um Geschenke zu bringen, nicht welche zu holen. Da man in Indien vor hochgestellten Personen nicht mit leeren Händen erscheint, so hatte ihm der Director auf Kosten seiner Nation ein schönes Teleskop und einen persischen Fußteppich für den Obersten der Braminen mitgegeben; ferner prachtvolle Zitze für seine Frau und drei Stücke chinesischen Tafft, roth, weiß und gelb, zu Schärpen für seine Schüler.

Als die Geschenke den Kameelen aufgeladen waren, legte sich der Doctor mit dem Buch der königlichen Gesellschaft auf das Tragbett und reiste ab.

Unterwegs sann er darüber nach, welche Frage er zuerst an den Obersten der Braminen von Jagarnat richten, ob er mit einer der 368 auf die Quellen und Ueberschwemmungen des Ganges bezüglichen oder mit derjenigen beginnen sollte, die den abwechselnden und halbjährlichen Lauf des indischen Meeres betraf und zur Entdeckung der Quellen und periodischen Bewegungen des Oceans führen konnte. Aber obschon diese Frage für die Physik unendlich wichtiger war, als alle, die seit so vielen Jahrhunderten über die Quellen und das Anwachsen des Nils aufgeworfen worden sind, so hatte sie doch damals die Aufmerksamkeit der europäischen Gelehrten noch nicht auf sich gezogen. Er zog es daher vor, den Braminen über die Allgemeinheit der Sündfluth zu fragen, worüber schon so viel disputirt worden ist, oder um noch weiter zurückzugehen, ob die von Herodot berichtete Tradition der egyptischen Priester wahr sey, daß die Sonne mehrere Male ihren Lauf verändert habe, so daß sie im Westen auf- und im Osten untergegangen sey; oder auch über die Zeit der Erschaffung der Welt, die nach indischen Begriffen mehrere Millionen Jahre alt ist. Manchmal dachte er auch, es wäre nützlicher, ihn über die beste Regierungsart für ein Volk oder auch über die Rechte des Menschen auszufragen, für die sich nirgends ein Codex findet; aber diese letzten Fragen standen nicht in seinem Buche.

»Indeß,« sagte der Doctor, »wäre es doch vielleicht gut, wenn ich den indischen Pandekten vor Allem fragte, auf was Art und Weise man die Wahrheit finden kann; denn kann dieß mittelst der Vernunft geschehen, wie ich mich bisher bemüht habe, so ist diese Vernunft bei allen Menschen gewaltig verschieden. Auch muß ich ihn fragen, wo die Wahrheit zu suchen ist: denn ist es in Büchern, so widersprechen sie sich alle; und endlich, ob man den Menschen die Wahrheit mittheilen muß: denn sobald man sie ihnen bekannt macht, bekommt man nichts als Streit und Verdrießlichkeiten. An diese drei Vorfragen hat unser hochverehrter Präsident nicht gedacht. Wenn der Bramine von Jagarnat sie nur lösen kann, so habe ich den Schlüssel zu allen Wissenschaften und, was noch mehr werth ist, so kann ich mit aller Welt in Frieden leben.«

Lang und viel beschäftigten diese Betrachtungen unsern Doctor. Nach elftägiger Reise kam er endlich an den Ufern des Golfs von Bengalen an und unterwegs begegneten ihm eine Masse Leute, die von Jagarnat zurückkamen und alle entzückt waren über das tiefe Wissen des Obersten der Pandekten, den sie um Rath gefragt hatten. Am zwölften Tage mit Sonnenaufgang erblickte er die berühmte Pagode von Jagarnat.

Am Ufer des Meeres, das sie mit ihren großen rothen Mauern und Galerien, ihren Kuppeln und Thürmchen von weißem Marmor zu beherrschen scheint, erhebt sie sich in der Mitte von neun immer grünen Baumgängen, die nach eben so viel Königreichen auslaufen. Jeder dieser Gänge wird von einer verschiedenen Baumart gebildet: Areka-Palmen, Teckbäumen, Kokosbäumen, Mangobäumen, Latanbäumen, Kampherbäumen, Bambus, Benzoe- und Sandelbäumen; sie führen nach Ceylon, Golkonda, Arabien, Persien, Tibet, China, dem Königreich Ava, Siam und den Inseln des indischen Meeres. Der Doctor kam durch die Bambusallee, die sich längs des Ganges und der zauberischen Inseln an seinem Ausflusse hinzieht, zur Pagode. Diese Pagode steht zwar in einer Ebene, ist aber so hoch, daß er sie schon am Morgen bemerkte und erst Abends erreichen konnte. Er mußte wirklich staunen, als er ihre Pracht und Größe in der Nähe betrachtete. Die bronzenen Thore funkelten von den Strahlen der untergehenden Sonne und Adler schwebten um ihren Gipfel, der sich in den Wolken verlor. Rings umher waren große Becken von weißem Marmor, in deren durchsichtigen Wassern ihre Kuppeln, Galerien und Thore sich spiegelten; in den sehr geräumigen Höfen und Gärten daneben standen große Häuser für die Braminen, welche diese Pagode bedienten.

Kaum war der Doctor von seinen Kurieren angemeldet, als ihm aus einem der Gärten eine Schaar junger Bajaderen singend beim Schall der Mohrentrommeln entgegen tanzte. Sie trugen um den Hals Kränze von grauen Blumen und als Gürtel Guirlanden von Jasminblüthen.

Umgeben von ihren Wohlgerüchen, Tänzen und ihrer Musik näherte sich der Doctor dem Thore der Pagode, in deren Hintergrund er beim Schein mehrerer goldener und silberner Lampen die Bildsäule Jagarnats, der siebenten Incarnation Brama's, in Pyramidengestalt, ohne Füße und ohne Hände, bemerkte: diese hatte er verloren, als er die Welt tragen wollte, um sie zu erlösen. Vor derselben lagen mit dem Gesicht gegen die Erde Büßende, von denen die einen mit lauter Stimme gelobten, sich an seinem Festtage bei den Schultern an seinen Wagen hängen und die andern, sich unter seinen Rädern zermalmen zu lassen. Obgleich der Anblick dieser Fanatiker, die unter tiefen Seufzern ihre gräßlichen Gelübde thaten, etwas Schauderhaftes hatte, so schickte sich der Doctor dennoch an, in die Pagode zu treten, als ein alter Bramine, der das Thor hütete, ihn anhielt und fragte, was ihn hierher geführt habe.

Nachdem er es vernommen, sagte er zum Doctor: daß er in seiner Eigenschaft als Franke oder Unreiner sich weder vor Jagarnat noch vor seinem Oberpriester zeigen könne, bevor er sich an einem der Badeorte des Tempels dreimal gebadet, und daß er nichts auf dem Leibe haben dürfe, was von irgend einem Thiere herkomme, besonders nichts von der Haut einer Kuh, weil diese von den Braminen angebetet werde, noch von der Haut eines Schweins, weil dieses ihnen ein Gräuel sey. – »Was soll ich thun?« antwortete der Doctor. »Ich bringe dem Oberhaupt der Braminen einen persischen Teppich aus Ziegenfell von Angora und chinesische Seidenzeuge als Geschenk mit.« – »Alle Gaben,« versetzte der Bramin, »die dem Tempel Jagarnats oder seinem Oberpriester dargebracht werden, sind schon durch das Geschenk gereinigt; nicht so aber verhält es sich mit Euren Kleidern.«

Wohl oder übel mußte der Doctor seinen Rock aus englischer Wolle, seine Schuhe von Ziegenfell und seinen Kastorhut ablegen.

Hierauf badete ihn der alte Bramine dreimal, kleidete ihn in ein sandelfarbiges baumwollenes Gewand und führte ihn an den Eingang vom Zimmer des obersten Braminen. Schon wollte der Doctor mit dem Fragenbuch der königlichen Gesellschaft unter dem Arme eintreten, als sein Geleitsmann ihn fragte, wie dieses Buch gebunden sey. »In Kalbsleder,« antwortete der Doctor. – »Wie!« sagte der Bramine außer sich, »habe ich Euch nicht gleich Anfangs gesagt, daß die Kuh von den Braminen angebetet wird? Und Ihr wagt es, vor ihrem Oberhaupt mit einem in Kalbsleder gebundenen Buche zu erscheinen!« Der Doctor hätte sich im Ganges reinigen müssen, wenn er nicht alle weitern Schwierigkeiten dadurch abgekürzt hätte, daß er seinem Führer einige Pagoden oder Goldstücke anbot. Er ließ also das Fragenbuch auf seinem Tragbett und tröstete sich selbst mit den Worten: »Im Grunde habe ich doch nur drei Fragen an den indischen Doctor zu richten. Ich will zufrieden seyn, wenn er mir sagt, auf was Art und Weise man die Wahrheit suchen muß, wo man sie finden kann und ob man sie den Menschen mittheilen soll.«

Langsamen und feierlichen Schrittes führte der alte Bramine den
englischen Doctor in seinem banmwollenen Gewande, baarhauptig
und baarfüßig zu dem Oberpriester Jagarnats, in einen geräumigen
Saal mit Säulen von Sandelholz. Seine grünen, mit Gypsmörtel und·
Kuhfladen unter einander bestrichenen Wände waren so glänzend
und glatt, daß man sich darin bespiegeln konnte. Der Fußboden war
mit sehr feinen sechs Fuß langen und eben so breiten Matten bedeckt. Im Hintergrunde des Saals war ein Auftritt mit einem Gelän-
der von Ebenholz eingefaßt, und auf diesem Auftritt erblickte man
durch ein Gatter von rothgefirnißten indischen Rohren hindurch
das ehrwürdige Oberhaupt der Pandekten mit seinem weißen Barte
und nach braminischem Gebrauche drei baumwollenen Fäden um
die Schultern. Er saß mit gekreuzten Beinen auf einem gelben Teppich, so starr und regungslos, daß er nicht einmal die Augen bewegte.

Einige seiner Schüler wehrten ihm mit Fächern aus Pfauenschwänzen die Fliegen ab; andere verbrannten in silbernen Rauchpfännchen Wohlgerüche von Aloeholz, und wieder andere spielten eine sehr anmuthige Melodie auf dem Hackbrett. Der Rest der zahlreichen Versammlung, worunter Fakire, Joguis und Santone waren, hatte sich auf den beiden Seiten des Saales in mehreren Reihen aufgestellt; sämmtlich in tiefem Schweigen die Augen auf den Boden geheftet und die Arme auf der Brust gekreuzt.

Der Doctor wollte Anfangs auf das Oberhaupt der Pandekten zugehen, um ihm sein Compliment zu machen, allein sein Führer hielt ihn in der Entfernung von neun Matten an, und setzte ihm auseinander, daß die Omrahs oder indischen Großen nicht näher hinzutreten dürfen; die Rajahs oder Beherrscher Indiens nur auf sechs Matten; die Prinzen, Söhne des Mogols, auf drei, und nur dem Mogol allein sey die Ehre gestattet, sich dem ehrwürdigen Oberpriester selbst zu nähern, um ihm die Füße zu küssen. Inzwischen trugen mehrere Braminen das Teleskop, die Zitze, Seidenzeuge und den Teppich, was die Leute des Doctors am Eingange des Saales niedergelegt hatten, an den Fuß des Auftritts, und nachdem der alte Bramine einen Blick darauf geworfen hatte, ohne jedoch das mindeste Zeichen von Billigung zu geben, wurden die Sachen in's Innere des Hauses geschafft.

Lange schon hatte sich der englische Doctor auf eine schöne Rede in hindostanischer Sprache besonnen und wollte sie jetzt vortragen, als sein Führer ihn belehrte, daß er warten müsse, bis der Oberpriester ihn frage. Er hieß ihn sodann sich auf seine Fersen setzen, dem Gebrauch des Landes gemäß mit gekreuzten Beinen, wie ein Schneider.

Der Doctor murrte in seinem Innern über diese Masse von Förmlichkeiten; aber was thut man nicht, um die Wahrheit zu finden, zumal wenn man ihr zulieb bis nach Indien gegangen ist! Sobald der Doctor sich gesetzt hatte, schwieg die Musik und nach einigen Augenblicken tiefer Stille ließ das Oberhaupt der Pandekten ihn fragen, weßhalb er nach Jagarnat gekommen sey.

Obgleich der Oberpriester Jagarnats deutlich genug Indisch gesprochen hatte, um von einem Theil der Versammlung verstanden zu werden, so wurden doch seine Worte von einem Fakir einem Andern überbracht, der sie wieder einem Dritten mittheilte, und dieser dem Doctor. Er antwortete in derselben Sprache, er sey nach Jagarnat gekommen, um das Oberhaupt der Bramimen, dessen großer Ruf ihn angelockt, um Rath zu fragen und von ihm zu erkunden, auf was Art und Weise man die Wahrheit erkennen könne.

Die Antwort des Doctors wurde dem Obersten der Pandekten durch dieselben Zwischenredner überbracht, durch die ihm die Frage zugekommen war, und so ging es mit dem ganzen übrigen Gespräche. Das alte Oberhaupt der Pandekten erwiderte, nachdem er sich ein wenig gesammelt: »Die Wahrheit kann nur vermittelst der Braminen erkannt werden.« Hierauf verneigte sich die ganze Versammlung und bewunderte die Antwort ihres Oberhauptes.

»Wo muß man die Wahrheit suchen?« fragte der englische Doctor ziemlich rasch weiter. – »Jede Wahrheit,« antwortete der alte indische Doctor, »ist in den vier Beths enthalten, die vor 120,000 Jahren in der Sanskritsprache geschrieben wurden, und deren Verständniß nur allein den Braminen geöffnet ist.«

Bei diesen Worten ertönte der Saal von Beifallsgeschrei.

Der Doctor nahm alle seine Kaltblütigkeit zusammen und sagte zu dem Oberpriester Jagarnats: »Da Gott die Wahrheit in den Büchern verschlossen hat, deren Verständniß nur den Braminen vorbehalten ist, so folgt also daraus, daß Gott ihre Erkenntniß der Mehrzahl der Menschen untersagt hat, die nicht einmal wissen, ob es nur Braminen gibt: wenn aber dieß wäre, so wäre Gott nicht gerecht.«

»Brama hat es so gewollt,« erwiderte der Oberpriester. »Man kann dem Willen Brama's Nichts entgegensetzen.« Das Beifallsgeschrei der Versammlung wurde immer lauter. Endlich, als sie wieder ruhig war, rückte der Engländer mit seiner dritten Frage heraus: »Soll man die Wahrheit den Menschen mittheilen?«

»Oft,« sagte der alte Pandekt, »ist es Klugheit, sie vor aller Welt zu verbergen; aber Pflicht ist es, sie den Braminen zu sagen.«

»Wie!« rief der englische Doctor zornig, »den Braminen soll man die Wahrheit sagen, während sie selbst sie Niemanden mittheilen! Wahrhaftig, die Braminen sind sehr ungerecht!«

Auf diese Worte entstand ein entsetzlicher Tumult in der Versammlung. Sie hatte es ohne Murren mit angehört, daß Gott der Ungerechtigkeit beschuldigt wurde; ganz anders aber war es, als sie diesen Vorwurf gegen sich selbst gerichtet hörte. Die Pandekten, die Fakire, die Santone, die Joguis, die Braminen und ihre Schüler wollten alle auf einmal mit dem englischen Doctor streiten; aber der Oberpriester Jagarnats machte dem Lärm ein Ende, indem er in die Hände klopfte und in sehr entschiedenem Tone sagte: »Die Braminen disputiren nicht wie die Doctoren in Europa.« Sofort stand er auf und entfernte sich unter dem Beifallsgeschrei der ganzen Versammlung, die laut über den Doctor loszog und ihm vielleicht ein böses Spiel bereitet hätte, wäre nicht das Ansehen der Engländer allmächtig an den Ufern des Ganges. Als der Doctor den Saal verließ, sagte sein Begleiter zu ihm: »Unser sehr ehrwürdiger Vater hätte Euch dem Gebrauche gemäß den Sorbet, den Betel und die Wohlgerüche darbringen lassen, allein Ihr habt ihn geärgert.« – »Ich hätte Ursache ärgerlich zu seyn,« erwiderte der Doctor, »daß ich mir so viele vergebliche Mühe genommen habe. Aber worüber hat sich Euer Oberhaupt denn zu beklagen?« – »Wie!« versetzte sein Führer, »Ihr wollt mit ihm rechten? Wißt Ihr nicht, daß er das Orakel Indiens und daß jedes seiner Worte ein Strahl von Weisheit ist?« – »Das wäre mir in meinem Leben nicht eingefallen,« sagte der Doctor, und nahm seinen Rock, seine Schuhe und seinen Hut. Das Wetter war stürmisch und die Nacht im Anzug; er bat um Erlaubniß, sie in einer der Wohnungen in der Pagode zuzubringen; allein man verweigerte ihm eine Lagerstätte, weil er ein Franke wäre. Da die Ceremonie ihn sehr durstig gemacht hatte, so bat er um einen Trank. Man brachte ihm Wasser in einer Flasche, aber sobald er getrunken hatte, zerbrach man sie, weil er als Franke sie verunreinigt hätte.

Jetzt rief der Doctor sehr gereizt seinen Leuten, die in Anbetung auf den Stufen der Pagode lagen, setzte sich wieder auf sein Tragbett und begab sich mit Anbruch der Nacht und unter einem sehr bewölkten Himmel durch die Bambusallee längs des Meeres auf den Rückweg.

»Wahrhaftig,« sprach er bei sich selbst, »das indische Sprichwort hat Recht: Jeder Europäer, der nach Indien kommt, lernt Geduld, wenn er noch keine hat, und verliert sie, wenn er hat. Ich habe die meinige verloren. Wie! ich sollte nicht erfahren können, auf was Art man die Wahrheit finden kann, wo man sie suchen und ob man sie den Menschen mittheilen muß! Der Mensch ist also auf der ganzen Welt zu Irrthümern und zum Streiten verurtheilt: es war schon der Mühe werth, nach Indien zu reisen und die Braminen um Rath zu fragen.«

Während der Doctor auf seinem Tragbett solche Betrachtungen anstellte, zog einer jener Orkane heran, die man in Indien Wettersäulen nennt. Der Wind wehte vom Meere her und trieb die Wasser des Ganges zurück, die sich schäumend an den Inseln bei seinem Ausflusse brachen. Von den Ufern riß er ganze Säulen Sand und von den Wäldern wahre Wolken von Blättern mit sich fort und trug sie untereinander über Fluß und Felder hin hoch in die Lüfte. Manchmal fing er sich in der Bambusallee, und obschon diese indischen Gesträuche so hoch waren, wie die größten Bäume, so bewegte er sie doch wie das Gras auf den Wiesen. Man sah durch den Wirbel von Staub und Blättern hindurch diesen langen Baumgang in eigentlich wellenförmiger Bewegung;

der eine Theil wurde rechts und links zu Boden gedrückt, während der andere sich kreischend wieder aufrichtete. Die Leute des Doctors, voll Angst, zerquetscht oder von den Wassern des Ganges, der bereits ausgetreten war, verschlungen zu werden, nahmen ihren Weg über die Felder hin und auf's Gerathewohl den benachbarten Höhen zu.

Inzwischen kam die Nacht und sie waren schon drei Stunden in der tiefsten Finsterniß weiter gezogen, ohne zu wissen, wohin sie kamen, als auf einmal ein Blitz, der die Wolken theilte und den ganzen Horizont beleuchtete, sie in weiter Ferne rechts die Pagode Jagarnats, die Inseln des Ganges, das aufgeregte Meer und ganz nahe, gerade vor ihnen, ein kleines Thal und einen Wald zwischen zwei Hügeln sehen ließ.

Schnell flüchteten sie sich dahin und schon hörte man das dumpfe Gebrause des Donners, als sie an den Eingang des Thales kamen. Es war von Felsen eingefaßt und voll alter Bäume von erstaunlicher Größe.

Obgleich der Sturm ihre Wipfel mit entsetzlichem Gebrause nieder-
bog. so waren doch die ungeheuren Stämme unerschütterlich wie
die Felsen, die sie umgaben. Dieser Theil des alten Waldes schien
eine Stätte der Ruhe, aber es war schwer, hinein zu dringen. Palm-
ried, das sich an seinem Eingang schlängelte, bedeckte den Fuß
dieser Bäume, und Lianen waren so von einem Stamm zum andern
verwachsen, daß man von allen Seiten nur einen Wald von Blättern
sah, worin grüne Höhlen zu seyn schienen, aber ohne einen Aus-
gang. Indeß hatten sich die Reisputen mit ihren Säbeln einen Weg
gebahnt, so daß die ganze Gesellschaft mit dem Tragbett hinein
gelangte. Sie glaubten sich hier vor dem Sturze sicher, als es auf
einmal gußweise zu regnen anfing und sich tausend Ströme um sie
bildeten. In dieser Verlegenheit erblickten sie unter den Bäumen in
der schmalsten Gegend des Thales ein Licht und eine Hütte. Der
Masalchi eilten dahin, um seine Fackel anzuzünden, kam aber bald
darauf athemlos zurück und rief: »Zurück, es ist ein Paria!« Entsetzt
wiederholte die ganze Truppe das Geschrei: »Ein Paria! ein Paria!«
Der Doctor glaubte, es sey irgend ein wildes Thier, und griff schon
nach seinen Pistolen. »Was ist ein Paria?« fragte er den Fackelträger.
– »Ein Mensch,« antwortete dieser, »der weder Glauben noch Gesetz hat.« – »Ja,« fügte der Anführer der Reisputen hinzu, »es ist ein
Indier von einer so ehrlosen Kaste, daß es erlaubt ist, ihn zu tödten,
wenn man nur von ihm berührt wird. Wenn wir seine Schwelle
betreten, so dürfen wir neun Monde lang in keine Pagode mehr den
Fuß setzen, und um uns zu reinigen, müssen wir uns neunmal im
Ganges baden und uns eben so oft durch die Hand eines Braminen
von Kopf zu Fuß mit Kuhurin waschen lassen.« Die Indier riefen
alle zusammen: »Wir gehen nicht zu einem Paria.« – »Wie,« sagte

der Doctor zu seinem Fackelträger, »habt Ihr merken können, daß Euer Landsmann ein Paria ist, das heißt ein Mensch ohne Glauben und Gesetz?« – »Als ich,« antwortete dieser, »seine Hütte öffnete, sah ich, daß er mit seinem Hund auf derselben Matte lag, wie sein Weib, der er in einem Kuhhorn zu trinken gab.« Das ganze Gefolge des Doctors wiederholte: »Wir gehen nicht zu einem Paria.« – »So bleibt hier, wenn ihr Lust habt,« sagte der Engländer zu ihnen; »mir sind die indischen Kasten alle gleich, wenn ich nur Schutz vor dem Regen finde.«

Mit diesen Worten sprang er von seinem Tragbett herab, nahm sein Fragenbuch und seinen Nachtsack unter den Arm, die Pistolen und Pfeife in die Hand, und ging ganz allein an die Thüre der Hütte. Kaum hatte er angeklopft, als ein Mann von sehr sanften Gesichtszügen ihm öffnete und sogleich wieder von ihm zurücktrat mit den Worten:

»Herr, ich bin nur ein armer Paria und nicht würdig, Euch zu empfangen; wenn es Euch aber gefällig ist, bei mir unterzustehen, so werdet Ihr mir große Ehre erweisen.« – »Mein Bruder,« antwortete der Engländer, » ich nehme Euer gastfreundliches Anerbieten von Herzen gerne an.« Indeß ging der Paria mit einer Fackel in der

Hand, einer Ladung trockenes Holz auf dem Rücken und einem Korb voll Cocosnüssen unter dem Arm hinaus, näherte sich dem Gefolge des Doctors, das in einiger Entfernung von da unter einem Baume stand, und sagte zu ihnen. »Da ihr mir nicht die Ehre anthun wollt, bei mir einzutreten, so bringe ich euch hier Früchte noch in ihren Hülsen, die ihr essen könnet, ohne euch zu verunreinigen,

und hier habt ihr Feuer, um euch zu trocknen und vor den Tigern zu beschützen. Gott behüte euch!« Darauf ging er in seine Hütte zurück und sagte zum Doctor: »Herr, ich wiederhole Euch, ich bin nur ein unglücklicher Paria; da ich aber an Eurer weißen Farbe und an Euren Kleidern sehe, daß Ihr kein Indier seyd, so hoffe ich, daß Ihr keinen Ekel vor den Speisen empfinden werdet, die Euer armer Diener Euch anbieten wird.«

So sprechend stellte er auf eine Matte eine Menge Früchte, Pflaumen, Ignamen, gebratene Kartoffeln, geröstete Pisang-Früchte und einen Topf Reis mit Zucker und Cocossaft angemacht; hierauf begab er sich wieder auf seine Matte zu seiner Frau und seinem Kinde, das neben ihr in einer Wiege schlief. »Tugendhafter Mann,« sagte der Engländer zu ihm, »Ihr seyd weit besser als ich, da Ihr denen Gutes thut, die Euch verachten. Wenn Ihr mir aber nicht die Ehre erweist, neben mich auf diese Matte zu sitzen, so muß ich glauben, daß Ihr mich für einen schlechten Menschen haltet, und verlasse im Augenblick Eure Hütte, sollte ich auch vom Regen ersäuft oder von den Tigern zerrissen werden.«

Der Paria setzte sich auf die gleiche Matte zu seinem Gast und sie fingen Beide an zu essen. Indeß hatte der Doctor das Vergnügen, mitten im Sturme in Sicherheit zu seyn. Die Hütte war unerschütterlich: sie stand nicht nur am engsten Theile des Thales, sondern namentlich auch unter einem War oder Paradiesfeigenbaum, dessen Zweige bis in ihre Spitzen Wurzelknollen treiben und auf diese Art eben so viele Bogen bilden, die den Hauptstamm stützen. Das Blätterwerk dieses Baumes war so dicht, daß kein Regentropfen hindurchdrang, und obschon man das furchtbare Brausen des Orcans und das Krachen des Donners hörte, so bewegte sich doch nicht einmal der Rauch des Herdes, der zur Mitte des Daches herausstieg, und eben so wenig das Licht der Lampe. Der Doctor bewunderte die Ruhe des Hindu und seines Weibes. Ihr Kind, schwarz und glatt wie Ebenholz, schlief in seiner Wiege; seine Mutter wiegte es mit ihrem Fuße, während sie ihm zum Zeitvertreib eine Halsschnur von rothen und schwarzen Angolaerbsen machte. Der Vater warf abwechselnd auf das eine und die andere Blicke voll Zärtlichkeit. Selbst der Hund nahm Antheil an dem allgemeinen Glück; er lag mit einer Katze neben dem Feuer und öffnete von Zeit zu Zeit seine Augen halb, um vertrauensvoll seinen Herrn anzublicken.

Der Paria brachte seinem Gaste, als er genug gegessen hatte, eine Kohle, um seine Pfeife anzuzünden, und nachdem er die seinige gleichfalls angezündet hatte, winkte er seinem Weibe, die zwei Cocosschalen und eine große Kürbißflasche mit Punsch brachte, den sie während der Mahlzeit mit Wasser, Arak, Zitronensaft und dem Saft des Zuckerrohrs bereitet hatte.

Während sie mit einander rauchten und dazu tranken, sagte der Doctor zu dem Indier: »Ich halte Euch für einen der glücklichsten Menschen, die ich je getroffen habe, und somit auch für einen der reichsten. Erlaubt mir, einige Fragen an Euch zu richten. Wie könnt Ihr bei einem so furchtbaren Sturm so ruhig seyn? Ihr seyd ja nur durch einen Baum geschützt und Bäume ziehen den Blitz an.« – »Noch nie,« antwortete der Paria, »hat der Blitz in einen Paradies-Feigenbaum geschlagen.« – »Das ist sehr merkwürdig,« versetzte der Doctor; »ohne Zweifel weil dieser Baum eine negative Elektricität hat, wie der Lorbeerbaum?« – »Ich verstehe Euch nicht,« erwiderte der Paria; »aber mein Weib glaubt, es komme daher, weil der Gott Brama eines Tags unter seinen Blättern Schutz fand. Ich für meine Person denke, daß Gott in diesen stürmischen Gegenden dem Paradies-Feigenbaume dazu ein sehr dichtes Laubwerk und Wölbungen gegeben hat, damit die Menschen sich vor Stürmen schützen können, und deßwegen läßt er auch nicht zu, daß sie unter diesen Bäumen vom Blitze getroffen werden.« – »Eure Antwort zeugt von vieler Frömmigkeit,« sagte der Doctor. »Also ist es Euer Vertrauen auf Gott, was Euch beruhigt. Das Gewissen ist ein weit besserer Halt, als das Wissen. Sagt mir doch, wenn ich fragen darf, von welcher Sekte Ihr seyd, denn Ihr gehört keiner der indischen Sekten an, da kein Indier mit Euch etwas gemein haben will. Auf der Liste der gelehrten Kasten, die ich auf meiner Reise befragen sollte, habe ich die der Parias nicht gefunden. In welchem Kanton Indiens ist Eure Pagode?« – »Ueberall,« antwortete der Paria; »meine Pagode ist die Natur. ich bete ihren Schöpfer an beim Aufgang der Sonne, und preise ihn bei ihrem Untergang. Durch das Unglück belehrt, verweigere ich meine Hülfe nie Einem, der noch unglücklicher ist, als ich. Ich bemühe mich, meine Frau, mein Kind, ja selbst meine Katze und meinen Hund glücklich zu machen. Am Ende meines Lebens erwarte ich den Tod, wie einen sanften Schlaf am Ende des Tags.« – »Aus welchem Buche habt Ihr diese Grundsätze geschöpft?« fragte der Doctor. – »Aus der Natur,« antwortete der Indier; »ich kenne kein anderes.« – »Ach ja, das ist ein großes Buch,« sagte der Engländer; »aber wer hat Euch darin lesen gelehrt?« – »Das Unglück,« erwiderte der Paria; »da ich zu einer Kaste gehöre, die in meinem Lande für verrucht gilt, und kein Indier seyn konnte, so habe ich einen Menschen aus mir gemacht; von der Gesellschaft zurückgestoßen, habe ich mich in die Natur geflüchtet.« – »Aber Ihr habt doch wenigstens etliche Bücher in Eurer Einsiedelei?« fragte der Doctor weiter. – »Kein einziges,« erklärte der Paria; »auch kann ich weder lesen, noch schreiben.« – »Da habt Ihr Euch manche Zweifel erspart,« sagte der Doctor, sich die Stirne reibend. »Ich dagegen wurde von England, meinem Vaterlande, ausgesandt, um die Wahrheit bei den Gelehrten gar mancher Nationen zu suchen; aber nach vielen vergeblichen Nachforschungen und schweren Disputationen bin ich endlich auf den Schluß gekommen, daß das Forschen nach Wahrheit eine Narrheit ist: denn wenn man sie auch fände, so wüßte man immer noch nicht, wem man sie sagen dürfte, ohne sich eine Menge Feinde zuzuziehen. Sagt mir einmal aufrichtig, denkt Ihr nicht auch wie ich?« – »Obgleich ich nur ein unwissender Mensch bin,« antwortete der Paria, »so glaube ich doch, da Ihr mir erlaubt, meine Meinung zu sagen, daß Jedermann verpflichtet ist, zu seinem eigenen Glück die Wahrheit zu suchen; sonst würde er habsüchtig, ehrgeizig, abergläubisch, boshaft, ja selbst ein Menschenfresser werden, je nach den Vorurtheilen oder Interessen Derer, die ihn erziehen.«

Der Doctor, der beständig an die drei Fragen dachte, die er dem Obersten der Pandekten vorgelegt hatte, war hocherfreut über diese Antwort des Paria. »Da Ihr also,« sagte er zu ihm, » glaubt, daß Jedermann verbunden sey, die Wahrheit zu suchen, so sagt mir vor Allem, welches Mittels man sich bedienen muß, um sie zu finden; denn unsere Sinne täuschen uns, und unsre Vernunft führt uns noch weit mehr in der Irre herum. Die Vernunft ist fast bei allen Menschen verschieden; ich glaube, daß sie im Grund weiter nichts ist, als das besondere Interesse jedes Einzelnen: deßhalb ist sie auch auf der ganzen Erde so veränderlich. Es gibt nicht zwei Religionen, zwei Völker, zwei Stämme, zwei Familien, was sage ich? nicht einmal zwei Menschen, die ganz auf dieselbe Art dächten. Mit welchem Sinn soll man also die Wahrheit suchen, wenn der Verstand nicht dazu behilflich ist?« – »Ich glaube, mit einem einfältigen Herzen,« antwortete der Paria. »Die Sinne und der Verstand können sich täuschen, aber ein einfältiges Herz täuscht nie, wenn es auch getäuscht werden kann.«

»Vollkommen wahr,« sagte der Doctor, »und tief gedacht. Die Hauptsache also ist, daß man die Wahrheit mit dem Herzen suchen muß, und nicht mit dem Verstand. Die Menschen *fühlen* alle auf eine und dieselbe Art, allein sie urtheilen verschieden, weil die Grundsätze der Wahrheit in der Natur beruhen, die Schlüsse aber, die sie daraus ziehen, in ihren Interessen. Also mit einem einfältigen Herzen muß man die Wahrheit suchen; denn ein einfältiges Herz stellt sich nie, als ob es verstände, was es nicht versteht, und glaubte, was es nicht glaubt. Es hilft nicht dazu, sich selbst, und in Folge davon die Andern zu täuschen: ein einfältiges Herz ist also nicht schwach, wie die Herzen der meisten Menschen, die sich durch ihre Interessen verführen lassen, sondern stark und tüchtig, die Wahrheit zu suchen und zu bewahren.« – »Ihr habt meinen Gedanken weit besser aus einander gesetzt, als ich selbst gethan haben würde,« erwiderte der Paria. »Die Wahrheit ist wie der Thau des Himmels; um sie rein zu erhalten, muß man sie in reinem Gefäße sammeln.«

»Sehr wahr, aufrichtiger Mann!« versetzte der Engländer, »aber die schwierigste Frage ist noch nicht gelöst. Wo muß man die Wahrheit suchen? Ein einfältiges Herz hängt von uns selbst ab; die Wahrheit aber hängt von den andern Menschen ab. Wo soll man sie finden, wenn diejenigen, die uns umgeben, sich von ihren Vorurtheilen verführen, oder von ihren Interessen bestechen lassen, wie es bei den meisten Menschen der Fall ist? Ich bin bei vielen Völkern herumgereist: ich habe ihre Bibliotheken durchwühlt, bin mit ihren Doctoren zu Rathe gesessen und habe überall nichts als Widersprüche, Zweifel und Ansichten gefunden, die noch tausendmal verschiedener sind, als ihre Sprachen. Wenn man also die Wahrheit in den berühmtesten Aufbewahrungsorten des menschlichen Wissens nicht findet, wo wird man sie dann suchen müssen? wozu wird ein einfältiges Herz helfen unter Menschen, die eine falsche Denkungsweise und ein verdorbenes Herz haben?« – »Auch mir,« erwiderte der Paria, »wäre die Wahrheit verdächtig, wenn sie uns nur vermittelst der Menschen zukäme; nicht unter ihnen muß man sie suchen, sondern in der Natur. Die Natur ist die Quelle alles dessen, was ist; ihre Sprache ist nicht unverständlich und veränderlich, wie die Sprache der Menschen und ihrer Bücher. Die Menschen machen Bücher, die Natur aber macht Dinge. Die Wahrheit auf ein Buch gründen zu wollen, ist nicht anders, als wenn man sie auf ein Gemälde oder auf eine Bildsäule gründete, die nur einem einzigen Lande wichtig seyn kann, und tagtäglich unter den Einflüssen der

Zeit leidet. Jedes Buch ist das Kunstwerk eines Menschen; die Natur aber ist die Kunst Gottes.«

»Vortrefflich!« antwortete der Doctor; »die Natur ist allerdings die Quelle der natürlichen Wahrheiten; aber aus welcher Quelle soll man zum Beispiel die geschichtlichen Wahrheiten schöpfen, außer einzig und allein aus Büchern? Wie soll man sich heutzutage der Wahrheit einer Thatsache versichern, die sich vor zweitausend Jahren zugetragen hat? Waren diejenigen, die sie uns überlieferten, vielleicht ohne Vorurtheile, ohne Parteigeist? Hatten sie ein einfältiges Herz? Und diese Bücher selbst, worin wir sie finden, mußten sie nicht durch die Hände von Abschreibern, Druckern, Erklärern und Uebersetzern gehen? und entstellen nicht alle diese Leute mehr oder weniger die Wahrheit? Ihr habt sehr richtig bemerkt, daß ein Buch nur das Werk menschlicher Kunst sey. Demnach müßte man also auf alle geschichtliche Wahrheit verzichten, da sie nur vermittelst der Menschen zu uns gelangen kann, deren keiner frei vom Irrthum ist.« – »Wozu,« sagte der Indier, »brauchen wir aber auch die Geschichte der vergangenen Dinge? Die Geschichte dessen, was ist, ist die Geschichte dessen, was war und was seyn wird.«

»Fürwahr,« versetzte der Engländer, »ich kann nicht mit Euch streiten; aber das werdet Ihr doch zugeben, daß die sittlichen Wahrheiten zum Glück des Menschengeschlechtes notwendig sind. Wie soll man nun aber diese in der Natur finden? Die Thiere bekriegen, zerfleischen und tödten einander; selbst die Elemente kämpfen wider Elemente; sollen die Menschen unter sich eben so handeln?« – »O nein,« antwortete der ehrliche Paria; »aber jeder Mensch wird die Richtschnur seines Handelns im eigenen Herzen finden, wenn sein Herz einfältig ist. Die Natur hat das Gesetz hineingelegt: Was du nicht willst, daß dir die Leute thun sollen, das thue ihnen auch nicht.« – »Es ist wahr,« versetzte der Doctor, »sie hat das Wohl des ganzen Menschengeschlechts durch das Wohl jedes Einzelnen bedingt; aber die religiösen Wahrheiten, wie soll man diese herausfinden unter so vielen Ueberlieferungen der Völker und ihren verschiedenen Arten, Gott zu verehren?« – »Eben aus der Natur,« antwortete der Paria; »wenn wir sie mit einem einfältigen Herzen betrachten, so werden wir darin Gott in seiner Macht, seiner Weisheit und seiner Güte sehen; und da wir schwach, unwissend und elend sind, so ist dies für uns Grund genug, ihn zu verehren, zu ihm zu beten und ihn unser ganzes Leben lang zu lieben, ohne uns lange darüber herumzuzanken.«

»Ausgezeichnet!« rief der Engländer; »aber,« fuhr er fort, »sagt mir einmal, wenn man eine Wahrheit entdeckt hat, muß man sie dann den andern Menschen auch mittheilen? Wenn man sie bekannt macht, so verfeindet man sich mit einer Masse Menschen, die vom entgegengesetzten Irrthum leben und behaupten, dieser Irrthum sey die Wahrheit, und Alles, was ihn zu zerstören trachte, sey der Irrthum.« – »Allerdings,« antwortete der Paria, »muß man den Menschen die Wahrheit sagen, aber nur denjenigen, die ein einfältiges Herz haben, d. h. den Gutdenkenden, die sie suchen, nicht den Schlechten, die sie von sich stoßen. Die Wahrheit ist eine feine Perle, und der Schlechte ein Krokodil, das sie nicht an seine Ohren hängen kann, weil es keine hat. Wenn Ihr dem Krokodil eine Perle zuwerfet, so wird es sich nicht damit schmücken, sondern sie fressen wollen; es wird sich die Zähne daran ausbrechen und dann in der Wuth auf Euch losstürzen.«

»Jetzt,« sagte der Engländer, »habe ich Euch nur noch eine einzige Einwendung zu machen. Aus Euern Worten folgt nämlich: die Menschen seyen zum Irrthum verurtheilt, obgleich die Wahrheit ihnen notwendig sey; denn wenn sie diejenigen, die ihnen die Wahrheit predigen, verfolgen, woher soll man dann Lehrer bekommen, die Muth genug haben, sie vorzutragen?« – »Derjenige,« antwortete der Paria, »der die Menschen selbst verfolgt, um sie zu belehren, heißt: Unglück.« – »Für dießmal,« erwiderte der Engländer, »glaube ich, daß Ihr Unrecht habt, Mann der Natur. Das Unglück wirft die Menschen in die Arme des Aberglaubens und wirkt gleich schwächend auf Geist und Herz. Je unglücklicher die Menschen sind, um so niederträchtiger, leichtgläubiger und kriechender wird man sie immer finden.« – »Bloß weil sie nicht unglücklich genug sind,« versetzte der Paria. »Das Unglück gleicht dem schwarzen Berge Bember, am äußersten Ende des glühenden Reiches Lahor: so lang Ihr hinaufsteiget, sehet Ihr nichts als unfruchtbare Felsen vor Euch; aber seyd Ihr einmal auf dem Gipfel angelangt, dann erblicket Ihr über Euerm Haupte den Himmel, und zu Euren Füßen das Königreich Kaschmir.«

»Charmant! bei meiner Ehre, eine treffliche Vergleichung!« antwortete der Doctor; »ja wahrhaftig, jeder Mensch muß in seinem Leben
einen Berg hinanklimmen. Der Eurige, tugendhafter Einsiedler,
muß sehr steil und rauh gewesen seyn; denn Ihr stehet höher als
alle Menschen, die ich kenne. Ihr seyd wohl sehr unglücklich gewesen! Aber, sagt mir einmal vor Allem, warum ist denn Eure Kaste in
Indien so entsetzlich verachtet, und die der Braminen so hoch ge-
ehrt? Ich komme so eben von dem obersten Priester der Pagode
Jagarnats, der so wenig denkt, als sein Götze, und sich anbeten läßt,
wie ein Gott.« – »Dieß,« versetzte der Paria, »kommt daher, weil die
Braminen sagen, sie seyen ursprünglich aus dem Haupte des Gottes
Brama hervorgegangen, die Paria's aber aus seinen Füßen. Ferner
behaupten sie, Brama habe einsmals auf einer Reise einen Paria um
etwas zu essen angesprochen, und dieser habe ihm Menschenfleisch
gereicht. Seit dieser Ueberlieferung steht ihre Kaste in hohen Ehren,
die unsere aber wird in ganz Indien verflucht. Es ist uns verboten,
einer Stadt zu nahen, und jeder Nair oder Reispute kann uns tödten,

wenn wir ihm so nahe kommen, daß unser Athem ihn berühren könnte.« – »Beim heiligen Georg!« rief der Engländer, »das nenne ich einmal dumm und ungerecht! Wie haben die Braminen den Indiern eine solche Narrheit aufbinden können?« – »Dadurch,« antwortete der Paria, »daß sie es ihnen schon in ihrer Kindheit einprägen und unaufhörlich wiederholen. Die Menschen lassen sich belehren, wie die Papageie.« – »Unglücklicher!« sagte der Engländer, »wie habt Ihr es angefangen, um Euch aus dem Abgrund von Schande hervorzuarbeiten, in den Euch die Braminen schon bei Eurer Geburt gestürzt haben? Ich kenne nichts Betrübteres für einen Menschen, als wenn man ihn in seinen eigenen Augen verächtlich macht: dadurch beraubt man ihn der ersten aller Tröstungen; denn der sicherste Trost bleibt immer derjenige, den man in seinem eigenen Busen findet.«

»Ich,« antwortete der Paria, »habe vor Allem zu mir gesagt: Ist die Geschichte vom Gotte Brama wohl wahr? Niemand erzählt sie, als die Braminen, und in deren Vortheil liegt es, daß sie sich einen himmlischen Ursprung beimessen. Ohne Zweifel haben sie die Erdichtung, als ob ein Paria den Gott Brama zum Menschenfresser habe machen wollen, bloß aus Rache erfunden, weil die Paria's sich weigerten, Alles zu glauben, was sie ihnen von ihrer Heiligkeit vorschwatzten. Nach diesem sagte ich zu mir: Angenommen, die Sache sey wahr, so ist doch Gott gerecht: er kann nicht eine ganze Kaste für das Verbrechen eines einzigen ihrer Mitglieder strafen, wenn die Kaste keinen Theil daran genommen hat. Wenn aber auch die ganze Kaste der Parias Theil an dieser Missethat genommen hätte, so sind doch ihre Nachkommen unschuldig. Gott straft eben so wenig in den Kindern die Sünden ihrer Väter, die sie niemals gesehen haben, als er in den Vätern die Sünden ihrer Enkel strafen würde, die noch nicht geboren sind. Aber auch für den Fall, daß ich wirklich heute die Strafe eines Paria, der vor Tausenden von Jahren gegen seinen Gott sündigte, mitleiden muß, ohne an seiner Sünde Theil genommen zu haben, so kann doch wohl ein Ding, das von Gott gehaßt wird, nicht bestehen, ohne sogleich zerstört zu werden. Wäre ich in den Augen Gottes verflucht, so würde nichts von dem gedeihen, was ich pflanze. Endlich sagte ich zu mir: Ich will annehmen, ich sey Gott verhaßt, der mir Gutes thut; dann will ich mich aber ihm wohlgefällig zu machen suchen, indem ich nach seinem Beispiel denjenigen Gutes thue, die ich hassen sollte.«

»Mein Gott!« fragte der Engländer, »wie habt Ihr aber Euer Leben fristen können, wenn Ihr so von aller Welt zurückgestoßen wurdet?« – »Vor Allem,« erwiderte der Indier, »sagte ich bei mir selbst in meinem Innern: Wenn alle Welt dein Feind ist, so sey wenigstens du selbst dein Freund. Dein Unglück geht nicht über die Kräfte eines Menschen. So gewaltig auch der Regen seyn mag, ein kleines Vögelein fängt immer nur einen einzigen Tropfen auf einmal auf. Ich ging in den Wäldern und die Flüsse entlang, um Nahrung zu suchen; allein meistens pflückte ich nur wilde Früchte und mußte auch die wilden Thiere fürchten: daraus erkannte ich, daß die Natur für einen einzelnen Menschen fast Nichts gethan, und daß sie mein Dasein an eben dieselbe Gesellschaft geknüpft hatte, die mich aus ihrem Schooße verstieß. Ich streifte auch auf den öden unbebauten Feldern umher, deren es in Indien eine so große Menge gibt, und fand dort immer irgend eine eßbare Pflanze, die den Untergang derer, welche sie gepflanzt, überlebt hatte. So reiste ich von Provinz zu Provinz, in der festen Ueberzeugung, überall in den Trümmern des Landbaus meine Nahrung zu finden. Erblickte ich Samenkörner von nützlichen Gewächsen, so säete ich sie wieder mit den Worten: Ist's nicht für mich, so ist's doch vielleicht für Andere. Ich fühlte mein Unglück weniger, wenn ich sah, daß ich irgend etwas Gutes thun konnte. Mein sehnlichstes Verlangen war, in einige Städte kommen zu können. Ich bewunderte aus der Ferne ihre Wälle und ihre Thürme, die erstaunliche Masse Schiffe auf ihren Flüssen, und die waarenbeladenen Karavanen, die von allen Enden der Welt hier zusammenströmten, auf ihren Straßen; ferner die Kriegsschaaren, die aus dem Innern der Provinzen berufen wurden, um von hier aus die Ruhe des Reichs aufrecht zu erhalten, die stattlichen Aufzüge und das zahlreiche Gefolge der Gesandten, die aus fernen Landen kamen, um glückliche Ereignisse anzukündigen oder Verbindungen anzuknüpfen. Ich näherte mich, so weit es mir erlaubt war, ihren Thoren, betrachtete verwunderungsvoll die langen Staubsäulen, welche die Masse der Wanderer aufsteigen machte, und zitterte vor Verlangen bei dem verworrenen Getöse der großen Städte, das in den nahen Feldern dem Gemurmel der Wogen gleicht, die sich am Ufer des Meeres brechen. Da sprach ich zu mir: Eine Vereinigung von Menschen aus so viel verschiedenen Staaten, die ihren Fleiß, ihre Reichthümer und ihre Freuden gemeinschaftlich mit einander theilen, muß eine Stadt zum Wohnort seliger Freude machen. Aber wenn es mir auch nicht erlaubt ist, mich bei Tag daselbst blicken zu lassen, wer hindert mich denn, Nachts hineinzugehen? Eine schwache Maus, die so viele Feinde hat, geht im Schatten der Dunkelheit aus und ein, wo sie will, und wandert aus der Hütte des Armen nach dem Palaste der Könige. Um das Leben zu genießen, genügt ihr das Licht der Sterne: wozu bedarf ich des Lichts der Sonne? Diese Betrachtungen stellte ich in der Umgebung von Delhi an, und sie machten mir so viel Muth, daß ich mit Anbruch der Nacht durch das Lahorthor zur Stadt hineinschlüpfte. Im Anfang kam ich durch eine lange, einsame Straße, wo die Häuser sämmtlich Terrassen und Wölbungen haben, in denen sich die Buden der Kaufleute befinden. Von Zeit zu Zeit stieß ich auch auf wohlverschlossene große Karawansereien und sehr geräumige Marktplätze, wo die tiefste Stille herrschte. Indem ich mich nunmehr dem Innern der Stadt zuwandte, durchstreifte ich das prachtvolle Stadtviertel der Omrahs, das voll von Palästen und Gärten ist, die der Gemna entlang herrlich daliegen. Hier ertönte Alles von Musik und den Gesängen der Bajaderen, die bei Fackelschein am Ufer des Flusses tanzten.

Ich stellte mich an eine Gartenthüre, um diesen lieblichen Anblick zu genießen; allein es wurde mir von Sklaven entleidet, welche die Unglücklichen mit Stockschlägen wegjagten. So entfernte ich mich dann von den Wohnungen der Großen und kam an mehreren Pagoden meiner Religion vorbei, wo eine große Menge Unglücklicher auf dem Boden lag und sich in Thränen ergoß. Beim Anblick dieser Denkmäler des Aberglaubens und Schreckens entfloh ich eilig. Nachdem ich eine Strecke weiter zurückgelegt, ersah ich aus dem durchdringenden Geschrei der Mollahs, die von hohem Thurme herab die Stunden der Nacht verkündigten, daß ich mich am Fuße der Minarets einer Moschee befand. Unweit davon waren die Factoreien der Europäer mit ihren Fahnen und Wachposten, die unaufhörlich *Kaberdar!* (gebt Acht!) riefen.

Sofort kam ich an einem großen Hause vorbei, das ich aus dem Gerassel der Ketten und den Klagetönen, die herausdrangen, für ein Gefängniß erkannte.

Bald darauf hörte ich das Jammergeschrei in einem geräumigen Hospital, aus dem man Wägen voll Leichname herausführte. Auch Räuber sah ich auf meinem Wege, welche die Straße entlang flohen und von der Streifwache verfolgt wurden.

Ferner Gruppen von Bettlern, die trotz aller Peitschenhiebe an den Thoren der Paläste um einige Ueberbleibsel von den Festschmäusen ihrer Bewohner flehten, und überall Frauen, die sich öffentlich preisgaben um ihren Lebensunterhalt zu verdienen. Endlich, nachdem ich lange auf einer und derselben Straße fortgegangen war, gelangte ich an einen unermeßlichen Platz, der die von dem Großmogol bewohnte Feste einschließt. Er war mit Zelten der Rajahs oder Nabobs seiner Leibwache und ihrer Schaaren bedeckt, die sich durch Fackeln, Fahnen und lange mit Schwänzen von thibetanischen Kühen sich endigende Rohre von einander unterschieden. Unmittelbar um die Feste zog sich ein mit Geschütz bepflanzter, breiter und voller Wassergraben. Ich betrachtete beim Schein der Wachfeuer die Thürme des Schlosses, die sich bis in die Wolken erhoben, und die Länge seiner Wälle, die sich in dunkler Ferne verloren. Wie gerne wäre ich hineingetreten, allein gewaltige Korahs oder Peitschen, die an Pfosten aufgehängt waren, benahmen mir alle Lust dazu. Ich duckte mich also in eines der äußersten Enden des Schloßplatzes, wo einige schwarze Sklaven mir erlaubten, neben ihnen an ihrem Feuer auszuruhen. Von da aus betrachtete ich mit Bewunderung den kaiserlichen Palast, und sprach bei mir selbst: »Hier also wohnt der glücklichste aller Menschen! Daß ihm gehorcht werden müsse, predigen so viele Religionen; zu seiner Verherrlichung kommen so viele Gesandte; für seine Schatzkammern erschöpfen sich so viele Provinzen; für seine Wollüste reisen so viele Karavanen, und für seine Sicherheit wachen so viele Bewaffnete in der Stille der Nacht!«

Paradiesisch erschien mir das Glück des Beherrschers der Welt. Während ich aber noch in diese Betrachtungen versunken war, erhob sich auf dem Platze ein großes Freudengeschrei, und ich sah acht mit Wimpeln geschmückte Kameele vorbeikommen. Man sagte mir, sie überbringen Köpfe von Rebellen, welche die Feldherren des Mogols ihm aus der Provinz Decan schicken, wo einer seiner Söhne, den er zum Statthalter daselbst ernannt, schon seit drei Jahren die

Fahne des Aufruhrs aufgepflanzt habe. Bald darauf kam auf einem Dromedar ein Courier mit verhängtem Zügel angesprengt; er hatte den Verlust einer indischen Gränzstadt zu melden, die durch Verrath eines der Befehlshaber dem König von Persien überliefert worden war. Kaum war dieser Courier vorbei, als ein anderer vom Statthalter von Bengalen gesandter mit der Nachricht ankam, die Europäer, denen der Kaiser aus Handelsrechten eine Waarenniederlage am Ausflusse des Ganges gestattet, haben daselbst eine Festung erbaut und sich der Schifffahrt auf dem Flusse bemächtigt. Einige Augenblicke nach der Ankunft dieser beiden Couriere sah man einen Offizier an der Spitze einer Abtheilung von der Leibwache aus dem Schlosse ziehen. Der Mogol hatte ihm Befehl gegeben, in's Stadtviertel der Omrahs zu gehen und drei der Angesehensten, die eines Einverständnisses mit den Feinden des Staats bezüchtigt waren, in Ketten vor ihn zu führen. Tags zuvor hatte er einen Mollah verhaften lassen, der in seinen Predigten den König von Persien gelobt und laut erklärt hatte, der Kaiser von Indien sey ein Ungläubiger, weil er dem Gesetz Mahomeds zuwider Wein trinke. Endlich versicherte man, er habe so eben eine seiner Frauen und zwei Hauptleute von seiner Leibwache, die einer Theilnahme an dem Aufruhr seines Sohnes überwiesen worden seyen, erdrosseln und in die Gemna werfen lassen. Während ich über diese traurigen Ereignisse nachdachte, erhob sich auf einmal eine lange Feuersäule aus den Küchen des Serails. Rauchwirbel stiegen bis zu den Wolken empor, und ihr rother Schein erhellte die Thürme der Feste, ihre Gräben, den Platz, die Minarets der Moscheen und Alles, so weit das Auge reichte.

Alsbald wurde mit den kupfernen Kesselpauken und den Karnas oder großen Hoboen das Feuerlärmzeichen gegeben, dessen gräßliches Getöne mir durch Mark und Bein drang; Schaaren von Reiterei sprengten in die Stadt, stießen in den Häusern zunächst beim Schlosse die Thüren ein und nöthigten ihre Bewohner mit grausamen Peitschenhieben, löschen zu helfen. Ich selbst erfuhr an meiner eigenen Person, wie gefährlich die Nähe der Großen für die Kleinen ist. Die Großen sind wie das Feuer, das selbst diejenigen, die Weihrauch hineinwerfen, versengt, sobald sie ihm zu nahe kommen. Ich wollte entfliehen, allein alle Pässe waren mir versperrt. Es wäre mir unmöglich gewesen, hinauszukommen, wenn nicht durch die göttliche Vorsehung die Seite, wo ich mich befand, diejenige nach dem Serail zu gewesen wäre. Da nun die Verschnittenen die Frauen auf Elephanten hinausführten, so erleichterte dieß meine Flucht; denn wenn die Wächter überall durch Peitschenhiebe die Leute nöthigten, dem Schloß zu Hülfe zu kommen, so zwangen die Elephanten sie vermöge ihrer Rüssel, zurückzutreten.

So entkam ich, bald von den Einen verfolgt, bald von den Andern zurückgetrieben, endlich aus diesem schrecklichen Gemenge, und erreichte beim hellen Schein des brennenden Schlosses das andere Ende der Vorstadt, wo das Volk, fern von den Großen, in seinen Hütten friedlich von den Arbeiten des Tags ausruhte. Hier fing ich erst an, wieder Athem zu schöpfen. Dann aber sprach ich zu mir: So habe ich denn einmal eine Stadt gesehen! ich habe die Wohnung der Herren der Völker gesehen! O! wie vielen Herren müssen nicht sie selbst als Sklaven dienen! sie fröhnen, selbst zur Zeit, wo andere Menschen ruhen, den Wollüsten, dem Ehrgeiz, dem Aberglauben, der Habsucht; ja, auch im Schlaf müssen sie eine Menge unglücklicher und übelgesinnter Wesen fürchten, mit denen sie sich umgeben haben: Diebe, Bettler, Buhlerinnen, Mordbrenner, selbst ihre Soldaten, ihre Großen und ihre Priester. Wie mag es wohl bei Tag in einer Stadt aussehen, wo die Nächte so unruhig sind! Die Widerwärtigkeiten, die den Menschen treffen können, vermehren sich mit seinen Genüssen; wie sehr muß also der Kaiser zu beklagen seyn, dem diese Genüsse alle insgesammt zu Gebote stehen! Er hat auswärtige und Bürgerkriege zu fürchten; ja selbst vor seinen natürlichen Tröstern und Vertheidigern, vor seinen Feldherren, seinen Wachen, seinen Mollahs, seinen Weibern und seinen Kindern muß ihm bange seyn. Die Gräben um seine Feste vermögen die Gespenster des Aberglaubens nicht abzuhalten; seine wohlabgerichteten Elephanten die schwarzen Sorgen nicht von ihm zu verscheuchen. Ich aber habe von all dem nichts zu fürchten: kein Tyrann hat Gewalt über mich, weder über meinen Leib, noch über meine Seele. Ich kann Gott nach meinem Gewissen dienen und habe von keinem Menschen Etwas zu fürchten, wenn ich mich nur nicht selbst quäle: fürwahr, ein Paria ist weniger unglücklich, als ein Kaiser. Indem ich so sprach, traten mir die Thränen in die Augen; ich fiel auf meine

Kniee und dankte Gott, der, um mich meine Leiden ertragen zu lehren, mir noch unerträglichere gezeigt hatte, als die meinigen.

Damals und seitdem nie bin ich über die Vorstädte von Delhi hinausgekommen. Von hier aus sah ich, wie die Sterne die Wohnungen der Menschen beleuchteten und sich mit ihren Feuern vermischten, gleich als ob der Himmel und die Stadt ein und dasselbe Gebiet wären. Wenn der Mond aufstieg, um die Landschaft zu bescheinen, so bemerkte ich andere Farben, als bei Tage. Ich bewunderte die Thüren, Häuser und Bäume, die silberschimmernd und zugleich florbedeckt fernhin in den Wellen der Gemna sich spiegelten. Ungestört durchstreifte ich die einsamen und stillen Gegenden der Stadt, und da war es mir, als ob die ganze Stadt mir gehörte. Und gleichwohl hätte sich keine menschliche Seele hier gefunden, die mir eine Handvoll Reis geboten hätte; so sehr hatte mich die Religion verhaßt gemacht! Da ich nun bei den Lebenden nichts finden konnte, um mein Leben zu fristen, so suchte ich es bei den Todten; ich ging auf die Kirchhöfe und aß die Speisen, die von der Frömmigkeit der Verwandten auf ihre Gräber gestellt wurden. An diesen Orten überließ ich mich gern meinen Betrachtungen. Hier, sprach ich bei mir selbst, ist die Stadt des Friedens; Macht und Stolz sind hier verschwunden, Unschuld und Tugend in Sicherheit. Hier enden alle Befürchtungen des Lebens, selbst die Furcht vor dem Tode; hier ist die Herberge, wo der Fuhrmann auf immer ausgespannt hat, und wo der Paria zu seiner Ruhe gelangt. Wenn ich so dachte, da erschien mir der Tod wünschenswerth, und ich fing an, die Erde zu verachten. Ich schaute nach dem Aufgang, von wo jeden Augenblick eine Menge Sterne hervortauchte. Obgleich ihre Schicksale mir unbekannt waren, so fühlte ich doch, daß sie mit denen der Menschen in Verbindung standen: denn die Natur, die so viele unsichtbare Dinge für die Bedürfnisse derselben geschaffen hat, mußte doch wenigstens diejenigen, die sie ihren Blicken darbietet, in Beziehung zu ihnen setzen. Dann erhob sich meine Seele mit den Gestirnen zum Firmament, und wenn die Morgenröthe über diese freundlichen, ewigen Lichter ihre Rosenfarben ausgoß, so glaubte ich mich vor den Pforten des Himmels. Wenn aber ihre Feuer die Gipfel der Pagoden vergoldeten, so verschwand ich wie ein Schatten; ich entfernte mich von den Wohnungen der Menschen, um auf den Feldern am Fuße eines Baumes Ruhe zu suchen, wo ich beim Gesang der Vögel einschlief.

»Ja! mein gefühlvoller unglücklicher Freund!« rief der Engländer; »Eure Erzählung hat mich sehr gerührt. Glaubt mir, die meisten Städte verdienen nur bei Nacht gesehen zu werden. Uebrigens hat die Natur auch nächtliche Schönheiten, die zu ihren ansprechendsten gehören; ein berühmter Dichter meines Vaterlandes hat keine andere gefeiert. Aber, sagt einmal, wie habt Ihr es angefangen, um auch beim Tageslicht glücklich zu werden?«

»Es war schon viel, bei Nacht glücklich zu seyn,« antwortete der Indier; »die Natur gleicht einer schönen Frau, welche den Tag über nur die Schönheiten ihres Gesichtes öffentlich zeigt, bei Nacht aber dem Geliebten auch ihre geheimen Schönheiten enthüllt. Wenn übrigens die Einsamkeit ihre eigentümlichen Genüsse hat, so hat sie auch ihre Entbehrungen; sie erscheint dem Unglücklichen als ein ruhiger Hafen, von wo aus er die Leidenschaften der andern Menschen dahinstürmen sieht, ohne selbst dadurch erschüttert zu werden; aber während er sich zu seiner unzerstörbaren Ruhe Glück wünscht, zieht die Zeit auch ihn in den Strudel hinein. Man kann keinen Anker auswerfen im Flusse des Lebens: er reißt denjenigen,

der gegen seinen Lauf kämpft, und denjenigen, der sich ihm über-
läßt, den Weisen wie den Thoren, auf gleiche Weise mit sich fort,
und Beide gelangen an's Ende ihrer Tage: der Eine, nachdem er sie
schlecht angewandt, der Andere, ohne daß er sie genossen hat. Ich
wollte nicht weiser seyn, als die Natur, und mein Glück nicht au-
ßerhalb der Gesetze suchen, die sie den Menschen vorgeschrieben
hat. Mein sehnlichstes Begehren war ein Freund, mit dem ich Freude und Leid theilen könnte. Lange suchte ich darnach unter Mei-
nesgleichen, allein ich traf überall nur neidische Gesellen. Endlich
gelang es mir, ein gefühlvolles, dankbares, treues und allen Vorurtheilen unzugängliches Geschöpf ausfindig zu machen: freilich nicht
unter dem Geschlecht, dem wir Beide angehören, sondern unter
den Thieren. Ich meine den Hund, den Ihr hier sehet. Man hatte ihn,
noch ganz klein, an einer Straßenecke ausgesetzt, wo er nahe daran
war, zu verhungern. Ich erbarmte mich sein und zog ihn auf: er
wurde anhänglich an mich, und ich machte ihn zu meinem unzer-
trennlichen Lebensgefährten. Dieß war mir immer noch nicht genug; ich mußte einen noch unglücklicheren Freund haben, als dieser
Hund war, einen Freund, der alle Unbilden der menschlichen Gesellschaft kennen und mir ertragen helfen sollte: ein Wesen, das nur
die Gaben der Natur begehrte, und mit dem ich sie genießen könnte. Nur durch Verschlingung in einander vermögen zwei schwache
Sträuche dem Sturm zu widerstehen. Die Vorsehung erfüllte meine
Wünsche, indem sie mir ein braves Weib schenkte. An der Quelle
meines Unglücks fand ich die Quelle meines Glücks. Eines Nachts,
als ich auf dem Begräbnißplatze der Braminen war, bemerkte ich
beim Mondschein eine junge Braminin, die ihr Gesicht halb mit
einem gelben Schleier bedeckt hatte. Beim Anblick einer Frau vom
Blute meiner grausamen Unterdrücker schauderte ich entsetzt zurück; als ich aber sah, womit sie sich beschäftigte, so übermannte
mich Mitleid, und ich trat näher. Sie stellte nämlich auf einen Hügel,
der die Asche ihrer Mutter bedeckte, welche dem Gebrauch dieser
Kaste gemäß vor Kurzem mit der Leiche ihres Mannes lebendig
verbrannt worden war, etwas zu essen und verbrannte Weihrauch,
um ihren Schatten heraufzurufen. Die hellen Thränen traten mir in
die Augen, als ich ein Wesen sah, das noch unglücklicher war, als
ich. Ach! sprach ich bei mir selbst, ich bin durch die Bande der Ehr-
losigkeit gefesselt, du aber durch die Bande der Ehre und des Glan-
zes. Ich lebe wenigstens ruhig in meinem Abgrund, du aber mußt

auf dem Rande des deinigen beständig zittern. Dasselbe Schicksal, das dir deine Mutter entrissen hat, droht auch dich einstens wegzuraffen. Du hast nur Ein Leben empfangen und mußt zwei Tode sterben: wenn dein eigener Tod dich nicht in's Grab hinabführt, so wird dich der Tod deines Gemahls lebendig hineinziehen. Ich weinte und sie weinte gleichfalls: unsre in Thränen gebadeten Augen begegneten sich und sprachen mit einander, wie die Augen der Unglücklichen zu sprechen pflegen: sie wandte die ihrigen ab, hüllte sich in ihren Schleier und ging weg. In der folgenden Nacht kam sie wieder an denselben Ort. Dießmal hatte sie einen größern Vorrath von Lebensmitteln auf das Grab ihrer Mutter gestellt – denn sie dachte, ich werde ihrer bedürftig seyn, und da die Braminen häufig ihre Leichenmahle vergiften, damit die Parias sie nicht essen sollen, so hatte sie, um mich wegen des Gebrauchs ihrer Speisen zu beruhigen, nur Früchte gebracht. Dieser Beweis von menschlichem Gefühl rührte mich, und um ihr meine Hochachtung für ihre kindlich fromme Gabe zu bezeigen, nahm ich ihre Früchte nicht nur nicht, sondern legte noch Blumen hinzu: es waren Mohnköpfe, die meinen Antheil an ihrem Schmerz ausdrücken sollten. In der nächsten Nacht entdeckte ich mit Freuden, daß sie meine Huldigung genehmigt hatte. die Mohnköpfe waren begossen, und sie hatte in einiger Entfernung von dem Grabe einen neuen Korb mit Früchten aufgestellt. Mitleid und Dankbarkeit machten mich kühn. Da ich als Paria nicht wagen konnte, sie anzureden, um sie nicht in Verlegenheit zu bringen, so beschloß ich, ihr als Mensch die Empfindungen auszudrücken, die sie in meinem Herzen hervorrief. Um mich verständlich zu machen, entlehnte ich, indischem Brauche zufolge, die Blumensprache und legte Ringelblumen zu den Mohnköpfen. Nachts darauf fand ich meine Mohnköpfe und meine Ringelblumen begossen. In der folgenden Nacht wurde ich kühner; ich legte zu den Mohnköpfen und Ringelblumen eine Fulsapatte, Blumen, womit die Schuster ihr Leder schwarz zu färben pflegen: hier sollten sie meine demüthige und unglückliche Liebe bedeuten. Am andern Morgen eilte ich mit Aufgang der Morgenröthe nach dem Grabe: allein die Fulsapatte war verdorrt, weil sie nicht begossen worden war. Zitternd legte ich in der folgenden Nacht eine Tulpe hinzu, deren rothe Blätter und schwarzes Herz das Feuer bedeuten sollten, das mich verzehrte: am Morgen fand ich meine Tulpe in demselben Zustand, wie die Fulsapatte. Dieß beugte mich gewaltig nieder; dennoch legte ich zwei Tage nachher eine Rosenknospe sammt ihren Dornen auf das Grab, als Sinnbild meiner mit viel Furcht vermischten Hoffnungen. Aber wie groß war meine Verzweiflung, als ich bei den ersten Strahlen der Sonne meine Rosenknospe weit von dem Grabe weggeschleudert sah! Ich glaubte, ich müsse den Verstand darüber verlieren, beschloß aber doch, sie anzureden, gehe es, wie es wolle. In der folgenden Nacht warf ich mich daher, sobald sie sich zeigte, zu ihren Füßen und bot ihr mit großer Beklommenheit des Herzens meine Rose hin.

Sie ergriff das Wort und sagte zu mir: »Unglücklicher! du sprichst von Liebe, und ich werde bald nicht mehr seyn. Ich muß, wie meine Mutter, meinen Gemahl, der heute gestorben ist, auf den Scheiterhaufen begleiten: er war alt, ich heirathete ihn noch als ein Kind; lebe wohl; entferne dich und vergiß mein.« Sie seufzte, als sie diese Worte sprach. Ich aber antwortete ihr, von Schmerz durchdrungen: »Unglückliche Braminin! die Natur hat die Bande zerrissen, welche die Gesellschaft dir angelegt hatte; zerreiße nun vollends auch die des Aberglaubens: du kannst es, wenn du mich zum Gemahl nimmst.« – »Wie!« versetzte sie weinend, »ich sollte dem Tod entfliehen, um mit dir in Schande zu leben! Ach! wenn du mich lieb hast, so laß mich sterben.« – »Das wolle Gott nicht!« rief ich; »nein, ich will dich nicht bloß deßhalb aus deinem Elend ziehen, um dich dann in das meinige zu stürzen. Geliebte Braminin, laß uns zusammen tief in die Wälder fliehen; besser, wir vertrauen uns den Tigern an, als den Menschen. Der Himmel aber, auf den ich hoffe, wird uns nicht verlassen. Laß uns fliehen. die Liebe, die Nacht, dein Unglück, deine Unschuld, Alles begünstigt uns. Eilen wir, unglückliche Wittwe! schon erhebt sich dein Scheiterhaufen, und dein todter Gemahl ruft dich dahin. Arme, zu Boden gedrückte Liane! stütze dich auf mich, ich werde dein Palmbaum seyn.« Nun warf sie seufzend einen Blick auf das Grab ihrer Mutter, dann gen Himmel; endlich aber ließ sie eine ihrer Hände in die meinige sinken und nahm mit der andern meine Rose. Ich faßte sie sogleich beim Arme, und wir machten uns auf den Weg. Ihren Schleier warf ich in den Ganges, damit ihre Verwandten glauben sollten, sie habe sich ertränkt. Wir wandelten mehrere Nächte hindurch längs des Flusses hin, und den Tag über verbargen wir uns in den Reisfeldern. Endlich gelangten wir in diese Gegend, die vom letzten Kriege her noch sehr menschenarm ist. Ich drang in den Wald, wo ich diese Hütte erbaut und ein kleines Gärtchen angepflanzt habe: hier leben wir sehr glücklich. Ich verehre meine Frau wie die Sonne und liebe sie wie den Mond. In dieser Einsamkeit sind wir einander Alles: wir waren verachtet von der Welt, aber da wir uns gegenseitig hochschätzen, so erscheinen uns die Lobsprüche, die ich ihr ertheile oder von ihr empfange, weit süßer, als der Beifall eines ganzen Volkes.« So sprechend, blickte er sein in der Wiege liegendes Kind und seine Frau an, welche Freudethränen vergoß.

Der Doctor mußte sich gleichfalls die Augen wischen und sagte
dann zu seinem Wirth: »Wahrhaftig, was die Leute in Ehren halten,
verdient häufig ihre Verachtung, und was sie verachten, verdient
häufig in Ehren gehalten zu werden. Aber Gott ist gerecht; Ihr seyd
in Eurer Dunkelheit tausendmal glücklicher, als der Oberste der
Braminen von Jagarnat im ganzen Glanze seiner Herrlichkeit. Er
und seine Kaste sind allen Wechseln des Schicksals ausgesetzt; auf
die Braminen fallen die meisten Geißeln der inneren und auswärti-
gen Kriege, die Euer schönes Land schon seit so vielen Jahrhunderten verwüsten; an sie wendet man sich häufig, um erpreßte Steuern
zu bekommen, weil sie auf die Meinung des Volkes so großen Ein-
fluß ausüben. Das Allerbetrübendste aber ist, daß sie selbst die ersten Opfer ihrer unmenschlichen Religion sind. Sie müssen so viel
Irrthum predigen, daß sie sich ganz darein versenken, und am Ende
allen Sinn für Wahrheit, Gerechtigkeit, Menschlichkeit und Frömmigkeit verlieren. Sie sind selbst gefesselt mit den Ketten des Aberglaubens, womit sie ihre Landsleute fangen wollen; jeden Augen-

blick müssen sie sich waschen, reinigen und sich eine Menge un-
schuldiger Genüsse versagen; ja, man kann es nicht ohne Schauder
aussprechen: in Folge ihrer unmenschlichen Lehren müssen sie ihre
nächsten Angehörigen, ihre Mütter, Schwestern, selbst ihre eigenen
Töchter verbrennen sehen. So straft sie die Natur, deren Gesetze sie
verletzt haben; Ihr aber könnt nach Herzenslust aufrichtig, gut,
gerecht, gastfreundlich und fromm seyn; eben durch Eure Niedrig-
keit entgehet Ihr den Schlägen des Schicksals und den Ungerechtig-
keiten der öffentlichen Meinung.«

Nach dieser Unterhaltung nahm der Paria Abschied von seinem
Gaste, um ihn schlafen zu lassen, und begab sich mit seiner Frau
und der Kindswiege in ein anstoßendes kleines Zimmer.

Liebliche Musik erweckte den Doctor mit Aufgang der Morgenröthe: von den Zweigen des indischen Feigenbaums herab sangen
die Vögel, und daneben sprachen der Paria und seine Frau laut ihr
gemeinschaftliches Morgengebet. Er stand auf, und als der Paria
und seine Frau ihre Thüre öffneten, um ihm guten Morgen zu wün-
schen, bemerkte er zu seinem großen Leidwesen, daß in der ganzen
Hütte kein Bett zu finden war, als das Ehebett, und daß sie die ganze Nacht über gewacht hatten, um es ihm abzutreten. Nachdem sie
ihm den gewöhnlichen morgenländischen Gruß geboten, beeilten
sie sich, ein Frühmahl zu bereiten. Während dieser Zeit machte er
einen Gang im Garten, der, wie die Hütte, von den gewölbten
Zweigen des indischen Feigenbaums umschlossen war, und zwar
waren diese so dicht in einander verschlungen, daß selbst das Auge
nicht durchdringen konnte.

Doch entdeckte man über dem Laubwerk die rothen Seiten des
Felsen, der das ganze Thal einschloß; von demselben rieselte eine
kleine Quelle herab, die den ohne künstliche Ordnung bepflanzten
Garten wässerte. Da waren Mangostan- und Orangebäume, Cocos-
bäume, Litchi, Durian- und Mangobäume, Brodbäume und Pisange,
und eine Menge anderer Gewächse, sämmtlich mit Blüthen oder
Früchten bedeckt, Alles im bunten Untereinander zu sehen. Selbst
ihre Stämme schienen zu blühen: an der Arekapalme rankte sich der

Betel hinauf, am Zuckerrohr der Pfefferstrauch. Die Luft war durchduftet von Wohlgerüchen.

Obschon die meisten Bäume noch im Schatten standen, so vergoldeten doch die ersten Strahlen der Morgenröthe bereits ihre Wipfel, auf denen man die Kolibri herumhüpfen sah, glitzernd wie Rubine und Topase, während die Bengali und die Fünfhundertstimmen, unter die feuchten Blätter versteckt, von ihren Nestern aus ihre lieblichen Gesänge ertönen ließen. Der Doctor erging sich unter diesen reizenden Schatten, fern von allen gelehrten und ehrgeizigen Gedanken, als der Paria kam, um ihn zum Frühstück einzuladen. »Euer Garten ist köstlich,« sagte der Engländer zu ihm; »ich habe nichts daran auszusetzen, als daß er zu klein ist. An Eurer Stelle würde ich noch ein Rasenstück dazu nehmen und ihn bis in den Wald ausdehnen.« – »Herr,« antwortete ihm der Paria, »je weniger Platz man hat, um so sicherer ist man: ein einziges Blatt genügt zum Nest des Fliegenvogels.« So sprechend, traten sie in die Hütte, wo sie in einem Winkel die Frau des Paria fanden, die das Frühstück bereits aufgetragen hatte und nun ihr Kind säugte. Nach einem stillen Mahle machte der Doctor Anstalt, aufzubrechen. Da sagte der Indier zu ihm: »Mein werther Gast, die Felder sind noch ganz überschwemmt von den nächtlichen Regengüssen und die Wege unbrauchbar; bleibt noch einen Tag bei uns.« – »Ich kann nicht,« erwiderte der Doctor; »ich habe zu viele Leute bei mir.« – »Ich sehe wohl,« versetzte der Paria, »Ihr eilt, das Land der Braminen zu verlassen und in's Land der Christen zurückzukehren, deren Religion bewirkt, daß alle Menschen als Brüder leben.« – Der Doctor stand seufzend auf. Nun winkte der Paria seiner Frau, die mit niedergeschlagenen Augen, und ohne ein Wort zu sprechen, dem Doctor einen Korb mit Blumen und Früchten überreichte.

Der Paria nahm für sie das Wort und sagte zu dem Engländer. »Herr, entschuldigt unsere Armuth; wir haben weder grauen Ambra, noch Aloeholz, um nach der Sitte Indiens unsre Gäste zu beräuchern. Alles, was wir bieten können, sind Blumen und Früchte; doch hoffe ich, Ihr werdet dieses von den Händen meiner Frau gepflückte Körbchen nicht verschmähen. Es sind weder Mohnköpfe, noch Ringelblumen darin, sondern Jasmin und Bergamotten: ihre andauernden Wohlgerüche mögen Euch ein Sinnbild unserer Freundschaft seyn, deren Andenken uns bleiben wird, selbst wenn wir uns nicht mehr sehen werden.« Der Doctor nahm den Korb und sagte zu dem Paria: »Ich kann Eure Gastfreundschaft nicht genug anerkennen und weiß nicht, wie ich Euch meine ganze Hochachtung bezeigen soll. Nehmt diese goldene Uhr von mir an: sie ist von Graham, dem berühmtesten Uhrmacher in London; man braucht sie nur Einmal im Jahre aufzuziehen.« Der Paria antwortete: »Herr, wir bedürfen keiner Uhren; wir haben eine, die immer geht und nie aus ihrer Ordnung kommt, nämlich die Sonne.« – »Meine Uhr schlägt auch die Stunden,« fuhr der Doctor fort. – »Uns singen sie die Vögel,« entgegnete der Paria. – »So nehmt wenigstens,« sagte der Doctor, »diese Korallenschnüre, um für Eure Frau und Euer Kind rothe Halsbänder daraus zu machen.« – »Meiner Frau,« antwortete der

Indier, »und meinem Kinde wird es nie an rothen Halsbändern fehlen, so lange in unserm Garten Angola-Erbsen wachsen.« – »Dann,« sagte der Doctor, »müßt Ihr aber diese Pistolen hier annehmen, um Euch in Eurer Einsamkeit gegen Räuber zu vertheidigen.« – »Die Armuth,« versetzte der Paria, »ist ein Wall, der alle Räuber von uns ferne hält; das Silber, womit Eure Waffen ausgelegt sind, wäre allein schon hinreichend, sie anzulocken. Ich beschwöre Euch bei dem Gott, der uns beschützt und von dem wir unsern Lohn erwarten, entreißt uns nicht den Werth unsrer Gastfreundschaft!« – »Und dennoch,« sagte der Engländer, »wünschte ich gar zu sehr, daß Ihr Etwas von mir behieltet.« – »Nun denn, lieber Gast,« antwortete der Paria, »weil Ihr es durchaus wollt, so will ich es wagen, Euch einen Tausch vorzuschlagen: gebt mir Eure Pfeife und empfangt dagegen die meinige. So oft ich aus der Eurigen rauchen werde, will ich mich erinnern, daß ein europäischer Pandekt nicht verschmäht hat, bei einem armen Paria Gastfreundschaft anzunehmen.« Der Doctor gab ihm sogleich seine Pfeife von englischem Leder, mit einer Mundspitze von grauem Ambra, und empfing dagegen die des Paria, deren Rohr von Bambus war und der Kopf von gebrannter Erde.

Er rief sofort seine Leute, die eine sehr schlimme Nacht gehabt hatten und noch ganz kalt waren; dann umarmte er den Paria und legte sich wieder auf sein Tragbett. Die Frau des Paria blieb weinend, mit ihrem Kind auf dem Arme, unter der Thüre der Hütte stehen; ihr Mann aber begleitete den Doctor bis an's Ende des Wäldchens und wünschte ihm alle Segnungen des Himmels. »Möge Gott Euch belohnen,« sagte er zu ihm, »für Eure Güte gegen die Unglücklichen! möge er mich als Opfer für Euch annehmen! möge er Euch glücklich nach England zurückführen, in dieses Land der Gelehrten und der Freunde, welche zum Wohl der Menschen die Wahrheit auf der ganzen Welt suchen!«

Der Doctor antwortete ihm: »Ich habe die halbe Welt durchreist und überall nur Irrthum und Zwietracht getroffen; Wahrheit und Glück sind mir erst in Eurer Hütte entgegengekommen.« So sprechend trennten sie sich unter Thränen. Der Doctor war schon weit auf dem Felde, als er den ehrlichen Paria immer noch an einem Baume stehen und ihm mit den Händen Lebewohl zuwinken sah.

Als der Doctor nach Calcutta zurückkam, schiffte er sich nach Chandernagor ein, und von da aus nach England. In London angelangt, übergab er seine neunzig Ballen Manuscripte dem Präsidenten der königlichen Gesellschaft, der sie auf dem brittischen Museum niederlegte, allwo die Gelehrten und Journalisten noch heutigen Tags sehr schätzbare Notizen, Stoff zu Uebersetzungen und Flugschriften, zu lobenden und tadelnden Kritiken daraus schöpfen. Was aber den Doctor betrifft, so bewahrte er die drei Antworten des Paria über die Wahrheit in treuem Herzen. Er rauchte oft aus seiner Pfeife, und wenn man ihn nach dem Nützlichsten fragte, was er auf seinen Reisen gelernt habe, so antwortete er: »Man muß die Wahrheit mit einfältigem Herzen suchen; man findet sie nur in der Natur; man soll sie nur rechtschaffenen Menschen sagen.« Dann pflegte er hinzuzusetzen: »Wahrhaft glücklich ist man nur mit einem braven Weibe.«

Über tredition

Eigenes Buch veröffentlichen

tredition wurde 2006 in Hamburg gegründet und hat seither mehrere tausend Buchtitel veröffentlicht. Autoren veröffentlichen in wenigen leichten Schritten gedruckte Bücher, e-Books und audio-Books. tredition hat das Ziel, die beste und fairste Veröffentlichungsmöglichkeit für Autoren zu bieten.

tredition wurde mit der Erkenntnis gegründet, dass nur etwa jedes 200. bei Verlagen eingereichte Manuskript veröffentlicht wird. Dabei hat jedes Buch seinen Markt, also seine Leser. tredition sorgt dafür, dass für jedes Buch die Leserschaft auch erreicht wird.

Im einzigartigen Literatur-Netzwerk von tredition bieten zahlreiche Literatur-Partner (das sind Lektoren, Übersetzer, Hörbuchsprecher und Illustratoren) ihre Dienstleistung an, um Manuskripte zu verbessern oder die Vielfalt zu erhöhen. Autoren vereinbaren direkt mit den Literatur-Partnern die Konditionen ihrer Zusammenarbeit und partizipieren gemeinsam am Erfolg des Buches.

Das gesamte Verlagsprogramm von tredition ist bei allen stationären Buchhandlungen und Online-Buchhändlern wie z. B. Amazon erhältlich. e-Books stehen bei den führenden Online-Portalen (z. B. iBookstore von Apple oder Kindle von Amazon) zum Verkauf.

Einfach leicht ein Buch veröffentlichen: **www.tredition.de**

Eigene Buchreihe oder eigenen Verlag gründen

Seit 2009 bietet tredition sein Verlagskonzept auch als sogenanntes "White-Label" an. Das bedeutet, dass andere Unternehmen, Institutionen und Personen risikofrei und unkompliziert selbst zum Herausgeber von Büchern und Buchreihen unter eigener Marke werden können. tredition übernimmt dabei das komplette Herstellungs- und Distributionsrisiko.

Zahlreiche Zeitschriften-, Zeitungs- und Buchverlage, Universitäten, Forschungseinrichtungen u.v.m. nutzen diese Dienstleistung von tredition, um unter eigener Marke ohne Risiko Bücher zu verlegen.

Alle Informationen im Internet: **www.tredition.de/fuer-verlage**

tredition wurde mit mehreren Innovationspreisen ausgezeichnet, u. a. mit dem Webfuture Award und dem Innovationspreis der Buch Digitale.

tredition ist Mitglied im Börsenverein des Deutschen Buchhandels.

Dieses Werk elektronisch lesen

Dieses Werk ist Teil der Gutenberg-DE Edition DVD. Diese enthält das komplette Archiv des Projekt Gutenberg-DE. Die DVD ist im Internet erhältlich auf **http://gutenbergshop.abc.de**

Zeitfracht Medien GmbH
Ferdinand-Jühlke-Straße 7
99095 Erfurt, Deutschland
produktsicherheit@kolibri360.de